CONTRIBUTION A L'ÉTUDE

DU

REIN SÉNILE

PAR

Paul LEMOINE,

Docteur en médecine de la Faculté de Paris,
Ex-interne des hôpitaux de Lyon.

PARIS

A. PARENT, IMPRIMEUR DE LA FACULTÉ DE MÉDECINE

31, RUE MONSIEUR-LE-PRINCE, 31

—

1876

CONTRIBUTION A L'ÉTUDE

DU

REIN SÉNILE

PAR

Paul LEMOINE,

Docteur en médecine de la Faculté de Paris,
Ex-interne des hôpitaux de Lyon.

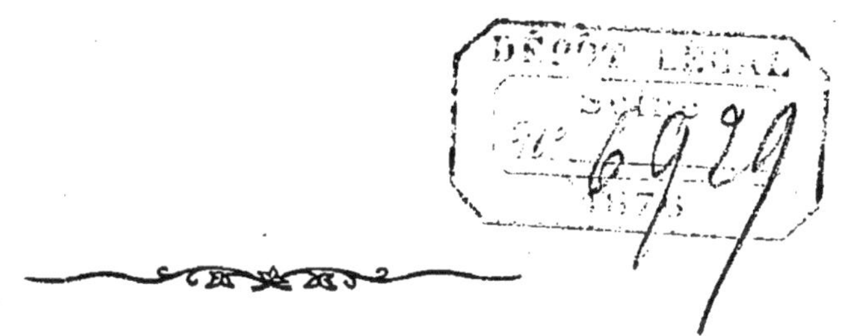

PARIS

A. PARENT, IMPRIMEUR DE LA FACULTÉ DE MÉDECINE

31, RUE MONSIEUR-LE-PRINCE, 31

—

1876

CONTRIBUTION

A L'ÉTUDE

DU

REIN SÉNILE

Pendant notre internat à l'hospice de la Charité de Lyon, M. Perroud notre chef, frappé de la grande quantité de vieillards atteints d'albuminurie, nous engagea à faire des recherches sur ce sujet.

C'est le résultat que nous venons consigner aujourd'hui dans notre thèse.

Nous n'avons pas la prétention de faire l'histoire complète de cette affection, car le sujet est si vaste, si difficile, qu'il demande de longues années d'observations patientes et nombreuses.

Nous livrons donc les faits tels que nous les avons recueillis, laissant à d'autres, placés dans de meilleures conditions que nous, le soin de continuer ces recherches. (1)

Quoique notre travail ne remplisse pas toutes le lacunes, et qu'il n'apporte pas à l'édifice scientifique une pierre aussi grosse que nous l'aurions désiré nous nous estimerons, heureux, si nous avons pu appeler l'attention sur ce sujet intéressant.

(1) M. le docteur A. Ollivier a, de son côté, entrepris à l'hospice d'Ivry, des recherches sur le même sujet.

INTRODUCTION.

Lorsqu'on pratique l'autopsie de sujets ayant succombé à un âge avancé, une des altérations que l'on rencontre surtout est l'atrophie scléreuse de reins.

Cette sclérose du rein est presque toujours liée à une dégénérescence athéromateuse du système artériel.

Elle fut méconnue pendant de longues années, même après les travaux de Bright qui, pourtant, fixèrent si vivement l'attention des médecins sur les lésions du rein. Signalée cependant à différentes reprises, mais mal étudiée, elle resta confondue avec la néphrite parenchymateuse sous le nom générique de « maladie de Bright.»

Il faut arriver jusqu'à nos jours, pour voir un peu de clarté se faire sur ce sujet si obscur, et c'est grâce aux travaux des savants modernes que cette affection, mieux étudiée, a été nettement séparée de la maladie de Bright vraie et a pu prendre, dans le cadre nosologique, une place que lui assignaient une symptomatologie et une anatomie pathologique spéciale.

La sclérose du rein est due à la néphrite interstitielle hyperplasique, qui, comme son nom l'indique, est caractérisée par une hypertrophie du tissu conjonctif interlobulaire ; et, comme à la dernière période de cette maladie, le rein est atrophié comme dans la néphrite parenchymateuse ; pour les distinguer, on a appelé ce dernier petit rein, rein contracté (*contracted Kidney* des Anglais) et le premier, suivant la cause qui l'avait rendu malade, rein goutteux, rein rhumatismal, rein saturnique et *rein sénil* chez le vieillard.

Le rein sénile dont nous occuperons est donc la conséquence de la néphrite interstitielle. Cette maladie a été si bien décrite par nos maîtres, que nous avons longtemps hésité à traiter ce sujet.

Ce qui nous a engagé à continuer ce travail, c'ess que la plupart des auteurs qui ont écrit sur la néphrite interstitielle n'ont en eu vue que les altérations produites par la goutte, le plomb, le rhumatisme. Quant uaa rein sénile, ils se contentent de signaler sa fréquence et la similitude des lésions avec celles du rein goutteux.

Comme il y a, en effet, une très-grande ressemblance au point de vue des lésions, nous avons cru utile de dire quelques mots de la néphrite interstitielle.

HISTORIQUE.

Méconnue pendant de longues années, contestée encore récemment par Colberg et quelques auteurs, actuellement son existence est hors de doute.

Prout la signala le premier. Un peu plus tard ; Rayer lui donna le nom de néphrite chronique.

Ce sont les médecins anglais qui ont surtout étudié cette affection et lui ont fait faire le plus grand pas Parmi les principaux auteurs qui s'en sont occupé d'une façon touté spéciale, nous citerons Anderson, Balfour, Dickinson, Gull, Grainger-Stewart.

Mais c'est à Bartels et aux travaux français de Cornil, Lecorché, Lancereaux que l'on doit de pouvoir actuelle‐ment en donner une description à peu près complète.

Cette altération spéciale du rein a reçu le nom de *néphrite interstitielle hyperplasique*, nom très-bien choisi, qui indique la marche du processus et l'évolu tion du tissu conjonctif, sans rien préjuger.

En Angleterre elle avait été décrite sous des noms différents. Ces noms ont le tort de faire envisager la question sous des points de vue spéciaux. Ainsi elle reçut les noms de *Contracted Kidney, goutty Kidney,* Todd) ; *cirrhotic Kidney,* Grainger-Stewart) *granular degeneration,* Dickinson), dénominations qui ne rappellent en rien le point capital de cette altération, qui en fait une affection spéciale, *l'hyperplasie du tissu conjonctif.*

La néphrite interstitielle est donc caractérisée par l'hypertrophie du tissu conjonctif, qui tôt ou tard, se retracte et entraîne l'atrophie du rein.

ANATOMIE PATHOLOGIQUE.

Dans le rein normal, qui n'a subi aucune altération pathologique, la présence du tissu conjonctif, qui relie entre eux les différents éléments qui constituent le parenchyme, est si peu apparent, que, pendant longtemps, son existence a été des plus controversées : admis par les uns, rejeté par les autres, aujourd'hui il a définitivement conquis le droit de cité.

C'est ce tissu connectif qui, venant à s'hypertrophier, est le trait caractéristique de l'affection qui nous occupe.

Grâce à quelques autopsies qu'on a pu faire d'individus ayant succombé à une période plus ou moins avancée de la maladie, on a cru pouvoir diviser la marche de la sclérose du rein en quatre périodes. Je ne sais toutefois si, chez le vieillard, cette distinction doit être admise, n'ayant jamais pu trouver, dans les nécropsies que j'ai faites, la maladie à ses différentes phases. Jusqu'à ce que ce point soit éclairci, nous acceptons les quatre périodes admises dans les livres classiques.

1° Période d'hyperémie : Le rein est congestionné, rouge et plus volumineux.

2° Période de prolifération : Cette période différerait de celle qui est décrite dans la néphrite parenchyma-

teuse, en ce que la prolifération résultant de la conges-
tion, au lieu de porter sur l'épithélium des tubuli, porterait sur le tissu connectif interlobulaire, d'où résulte-
rait l'hypertrophie du rein.

3ᵉ Période. C'est la période d'organisation des
éléments dus à la prolifération, c'est-à-dire qu'ils
prennent l'aspect du tissu conjonctif normal. A la fin
de cette période le rein commencerait à diminuer de
volume.

4ᵉ Période. C'est la période de rétraction et d'atrophie.
Le tissu conjonctif se rétracte et par ce fait, entraîne
l'altération des vaisseaux, des canalicules qui plongent
au milieu de lui, et par suite d'atrophie du rein. Le
poids de cet organe diminue considérablement, mais
jamais autant que le rein contracté de la néphrite
parenchymateuse arrivé à la même période.

Un des faits caractéristiques de cette affection, c'est
qu'elle débute par la couche corticale et n'envahit que
tardivement le tissu conjonctif de la couche méédullaire.

Comment se fait cette hypertrophie du tissu conjonctif? Beer admet deux façons : 1° par hyperplasie simple ; 2° par hyperplasie cellulaire. L'hyperplasie simple
est pour lui un gonflement progressif du tissu inters-
tiel qui se traduit par une légère augmentation du
volume, le nombre restant la même ; ainsi la substance
intercellulaire semble devenir de plus en plus fibrillaire, à mesure qu'elle s'accumule. Cette altération,
d'après lui, serait fréquente dans les inflammations pro-
venant d'une stase veineuse.

L'hyperplasie cellulaire est le résultat de l'infiltra-
tion inflammatoire du tissu conjonctif, qui consiste en
une accumulation de cellules jeunes sans membranes.
Ces cellules, assez semblables aux corpuscules lympha-
tiques, dont l'origine est diversement expliquée, sui-

vant que l'on admet les théories de Virchow, Robin, Cohneim, ont une tendance commune, l'organisation fibrillaire.

Pour expliquer l'atrophie du rein, on a parlé de la rétraction du tissu conjonctif semblable à celle qui se produit à la suite d'une cicatrice. Toutefois, après avoir parlé de cette forme, Rinfleich dit : « Cependant, cette manière de voir est sujette à de graves objections, car il existe en réalité, et on le démontre facilement, non point un changement dans la qualité du tissu conjonctif, mais une fonte des éléments constitutifs du rein, savoir : des canalicules urinifères, des vaisseaux sanguins et des globules de Malphigi. Ces éléments diminuent progressivement de volume, soit en subissant une métamorphose graisseuse, soit en augmentant de densité, par suite de de la compression qu'ils subissent. Les glomérules de Malphigi se ratatinent, au point qu'à leur place on trouve de petits corps sphériques, fermes. durs et complètement exsangues, composés de noyaux non stratifiés, représentant la pelote vasculaire et d'une enveloppe conjonctive épaisse, formée de plusieurs lamelles disposées concentriquement autour du noyau.

Cette description est très-exacte en partie ; mais je crois que Rindfleich fait jouer un trop grand rôle à l'atrophie des éléments constitutifs du rein, sans tenir assez compte de la rétraction du tissu conjonctif. D'après les pièces que j'ai pu voir et dont je rapporte plus bas l'examen, les glomérules et les vaisseaux sont les seuls éléments sur lesquels porte véritablement, et presque jusqu'à la dernière période, l'atrophie du rein.

Les reins que j'ai examinés provenaient de 3 vieilles femmes. Deux avaient les reins granuleux, petits, atrophiés, et avaient présenté pendant leur vie de l'albumine dans les urines. La troisième avait les reins très-légèrement atrophiés et n'avait point eu d'albumine.

Obs. I. — Marie Picande, 83 ans. Cette femme n'a jamais eu de maladies sérieuses pendant son existence.

Depuis quelque temps, léger œdème aux extrémités. Rien au cœur; à la poitrine, athérome artériel.

L'examen des urines fait à cette époque nous donne les résultats suivants :

Urine normalement colorée. Densité, 1022. Réaction acide. En versant doucement et lentement le long des parois du vase de l'acide nitrique, on obtient une zone albumineuse bien marquée.

L'examen, répété à plusieurs jours d'intervalle, nous a donné toujours les mêmes résultats. La quantité d'albumine a été toujours en augmentant, mais sans toutefois atteindre de grandes proportions.

La malade s'affaiblit graduellement; la cachexie augmente et la mort arrive presque subitement.

Autopsie. Hydrothorax des deux côtés. Légère adhérence du poumon droit au sommet. Les poumons sont marbrés, crépitants et perméables à l'air.

Le cœur est gros, hypertrophié, avec dégénérescence graisseuse. Les valvules sont saines et fonctionnent bien. Dilatation de la crosse de l'aorte.

L'aorte abdominale est très-athéromateuse, ainsi que les artères principales. Les artères rénales n'ont subi cette altération que près de leur embouchure avec l'aorte.

Foie légèrement atrophié. Rate normale. Les reins sont petits, ratatinés ; leur membrane d'enveloppe, assez adhérente à l'organe, est parsemée de taches blanchâtres. Lorsqu'on enlève cette membrane, la surface du rein apparaît comme si elle était chagrinée. Trois kystes.

Poids du rein droit, 74 grammes; du rein gauche, 86.

Obs II. — Marguerite Chapuis, 82 ans. Hémiplégie il y a cinq ans. Les mouvements sont à peu près complètement revenus. Hémianesthésie légère. Athérome. Urine acide, claire; densité, 10,30. L'examen, avec l'acide nitrique, nous donna une couche d'albumine bien marquée.

La nécropsie, faite par M. Chauvet, interne des hôpitaux de Lyon, ne présenta rien de particulier. Les reins étaient petits, atrophiés. La capsule s'enlevait facilement.

Obs. III. — Rigottaz, 90 ans. Jamais d'albumine. Rein légèrement atrophié. L'autopsie n'a pu être faite complètement.

Lemoine.   2

Quand on examine, au microscope, une coupe de rein sénile, on est frappé, tout d'abord, de l'abondance du tissu conjonctif qui sépare les éléments constitutif de l'organe.

Ce tissu conjonctif nouveau ne se rencontre pas qu'au pourtour des canalicules : il se montre partout et même en plus grande quantité, au niveau des glomérules et des vaisseaux.

Si, après ce coup d'œil d'ensemble, on passe à l'étude détaillée des glomérules, des canalicules, des vaisseaux, qui sont les éléments importants, on peut, en suivant les altérations qu'ils ont subies, se rendre compte de la marche de la maladie, qui a bien mérité le nom de néphrite interstitielle diffuse, car elle est disséminée indistinctement dans tous les points de l'organe à des degrés plus ou moins avancés.

Les glomérules de Malphigi présentent tous les degrés de l'atrophie. A côté de glomérules complètement atrophiés, et dont il ne reste que des vestiges à peine reconnaissables, on en trouve d'autres complètement sains, et cela dans tous les points, aussi bien près de la superficie, que dans l'intérieur.

Lorsque le glomérule est à peu près sain, la première altération que l'on trouve est un léger épaississement de la membrane d'enveloppe, *la membrane de Bowman* : les cellules épitheliales qui sont à sa face interne, sont aussi plus volumineuses qu'à l'état normal ; le tissu conjonctif circumvoisin, quoiqu'ayant subi un degré d'hypertrophie souvent assez considérable, est nettement séparé de la membrane. Petit à petit, cette dernière continue à s'hypertrophier, ses éléments deviennent fibrillaires et se mêlent aux éléments du tissu conjonctif, au point qu'il était impossible d'établir aucune distinction. Le sang ne pouvant plus pénétrer librement dans le peloton vasculaire, celui-ci disparaît, se ratatine et on ne trouve plus à sa place qu'un noyau sans forme particulière, entouré de tissu conjonctif.

Mais, à côté du glomérule sain, à côté du glomérule atrophié, on trouve aussi une altération portant sur le glomérule, mais d'un genre tout différent. Cette altération que j'ai trouvée sur les pièces que j'ai examinées, n'a été, je crois, signalée nulle part. Elle consiste en une dilatation variqueuse du peloton vasculaire contenu dans le glomérule.

La cavité de ce petit corps est hypertrophiée, agrandie : au lieu de trouver l'aspect normal du peloton vasculaire recouvert par sa couche épithéliale spéciale, on remarque une quantité de cercles plus ou moins déformés, reliés entre eux par des tractus de tissu conjonctif, et qui ne sont autre chose que des sections des capillaires par le rasoir. Dans quelques points mêmes, en se servant de forts grossissements, on est assez heureux pour voir la couche d'endothélium représentée par quelques cellules.

Les glomérules peuvent être plus ou moins dilatés ; certains, même, ne possèdent qu'un ou deux points de dilatation, qui se trouvent presque toujours à l'endroit où pénètre le vaisseau afférent, qui lui-même est toujours atteint par cette altération (*Voir la planche*).

Ce fait, pour nous, est important à plusieurs points de vue, que nous développerons plus bas.

Axelkey a signalé des éléments nouveaux connectifs au milieu des circonvolutions vasculaires qui forment les glomérules. Nous avons pu constater cette altération qui, du reste, avait été déjà confirmée par Virchow.

Les altérations que subit la capsule de Bowman dans la néphrite interstitielle hyperplasique, nous porteraient à admettre, avec certains auteurs, une néphrite capsulaire semblable à celle que Traube a décrite dans la néphrite parenchymateuse.

Les tubes contournés, les tubes descendants de Henle,
les tubes ascendants, les collecteurs, quoique plongés
dans une gangue assez forte de tissu conjonctif, ne nous
ont jamais paru avoir subi de graves altérations, et
cependant les reins étaient très-atrophiés, 70 grammes
en moyenne.

Coupe horizontale présentant différents glomérules plus ou
moins atrophiés. 300 diamètres environ.

A. Enveloppe du rein. 1. Glomérule très-atrophié avec épaississement considérable de la membrane de Bowmann. 2. Glomé
rule avec dilatation variqueuse des capillaires. 3. Tubes droits-
section. 4. Tubuli concorti.

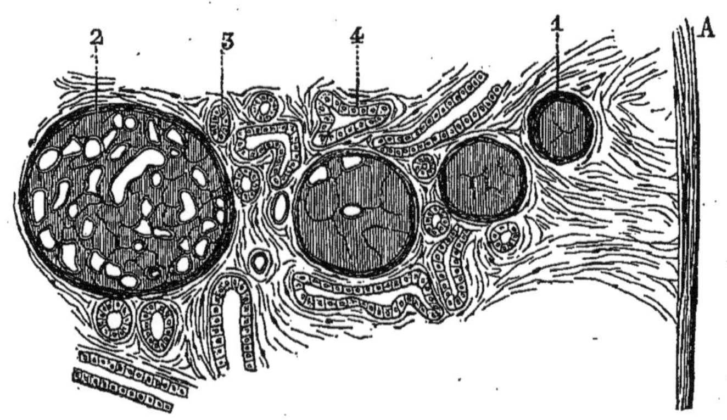

La membrane des tubes nous a paru légèrement
hypertrophiée. L'épithélium manquait par place,
et ceci n'a rien d'étonnant, car on sait avec quelle rapi-
dité il se détruit sur le cadavre, étant généralement bien
constitué et assez adhérent aux parois du tube.

Malgré le plus grand soin, nous n'avons pu jamais
constater la dégénérescence graisseuse et colloïde des
cellules qui a été indiquée dans certains ouvrages.

Les cellules portaient toutes leurs granulations nor-
males qui, jadis, étaient regardées comme un commen-
cement de dégénérescence graisseuse et aujourd'hui
comme les sections des bâtonnets.

L'atrophie des tubes n'est jamais bien prononcée, excepté toutefois près des glomérules qui ont subi le dernier degré de la rétraction, et encore dans ces cas, on trouve quelques cellules épithéliales comme vestige.

L'hypertrophie du réseau vasculaire, hypertrophie qui porte principalement sur la couche adventice, a été signalée depuis longtemps.

Pour Johnson, Dickinson, Grainger-Stewart, Gull, l'hyperplasie débuterait par les vaisseaux pour envahir le rein. Lécorché combat cette hypothèse, car il tend à admettre que, dans beaucoup de cas, les lésions artérielles, et principalement l'athérome, seraient une conséquence de la néphrite interstitielle.

La couche adventice est très-hypertrophiée, et, par conséquent, la lumière du vaisseau est rétrécie, mais jamais au point d'être imperméable. Les veines ne subissent point d'hypertrophie de leur paroi ; elles nous ont paru toujours dilatées.

Quant aux altérations athéromateuses des capillaires, nous n'avons jamais pu les constater.

A quoi faut-il attribuer cette dilatation variqueuse du paquet vasculaire du glomérule? Pour nous, la cause en est toute mécanique.

1° Par suite de l'athérome artériel, la tension vasculaire est plus forte.

2° Par suite de l'atrophie d'un certain nombre de glomérules, le sang qui arrive à peu près en même quantité par l'artère rénale, ne trouvant plus les mêmes débouchés que dans un rein sain, se porte en plus grande quantité sur les glomérules qui n'ont pas subi encore les atteintes de la sclérose rénale, et les capillaires, distendus par une plus grande quantité de sang, et soumis à une pression plus forte, se dilatent petit à petit, et présentent l'aspect que nous avons décrit.

Pour résumer, nous dirons que : 1° Le rein sénile

est caractérisé par une hyperplasie du tissu conjonctif.
Deux théories sont en présence pour expliquer cette
hyperplasie. Nous ne pouvons trancher la question
car, comme nous l'avons dit plus haut, nous n'avons
jamais rencontré de reins scléreux à la deuxième période.

2° L'hypertrophie du tissu conjonctif débuterait aussi
souvent par la capsule de Bowmann que par la couche ;
adventice des vaisseaux.

3° L'atrophie porterait surtout sur les vaisseaux, les
glomérules, et à la dernière période sur les tubes qui
diminueraient de volume par suite de la rétraction du
tissu conjonctif, sans que leur épithélium subisse la
dégénérescence granulo-graisseuse.

4° En même temps que certains glomérules sont atrophiés, d'autres subissent une hypertrophie compensa-
trice.

ETIOLOGIE.

La néphrite hyperplasique diffuse, envahit généralement les deux reins à la fois. Elle est plus commune chez
le vieillard qu'on ne le croit généralement.

D'après Lecorché, sa plus grande fréquence serait à
50 ans.

Voici la statistique qu'il donne dans son livre (*Traité
des maladies du rein*) :

```
        0 à 10 ans.......    0
       11 à 20  —  .......    1
       21 à 30  —  .......   24
       31 à 40  —  .......   50
       41 à 50  —  ....... · 93
       51 à 60  —  .......   76
       61 à 70  —  .......   47
       Au-dessus de 70 ans.  17
```

Nous ne contredirons pas les chiffres donnés avant 70 ans; mais, pour ceux au-dessus de 70 ans, nous trouvons la proportion beaucoup trop faible.

Notre statistique, qui a porté sur des sujets de 70 à 95 ans, nous a donné, sur 73 vieillards, 26 cas de néphrite avec albuminurie.

Au reste, nos chiffres concordent avec ceux d'un médecin de l'hôpital de Chelsea, en Angleterre, qui, sur 17 cas vérifiés par l'autopsie, trouva que l'âge oscillait entre 60 et 85 ans. La majeure partie des sujets avaient dépassé 65 ans.

M. le Dr A. Ollivier, qui a entrepris, à l'hospice d'Ivry, le même travail que celui que nous avons fait à Lyon, m'a dit que d'après les recherches qu'il a faites jusqu'à ce jour, ses chiffres concordaient avec les miens.

Cette maladie est plus fréquente chez l'homme que chez la femme : sur 250 cas de néphrite interstitielle observés à l'hôpital de Saint-Georges, on a trouvé 165 hommes et 85 femmes. Ce qui mettrait la proportion de 2 à 1.

Dickinson est arrivé aux mêmes résultats. M. A. Ollivier a trouvé que chez l'homme la proportion est plus grande que chez la femme.

On a donné comme causes de cette néphrite, la goutte, l'intoxication saturnine, le rhumatisme, l'hérédité, l'alcoolisme, un froid prolongé. Pour nous mettre en dehors de la plupart de l'influence de ces causes, nos examens ont porté sur de vieilles femmes (caduques) de 70 à 95 ans. Nous avons noté, avec soin, les différentes affections qu'elles avaient pu avoir pendant leur existence, et les symptômes qu'elles avaient actuellement. Il y a trois causes que nous n'avons jamais trouvées : la goutte, l'intoxication saturnine, l'alcoolisme.

L'hérédité, nous ne pouvons rien dire à ce sujet. Reste

donc le rhumatisme qui, à notre avis, est bien peu important. Une seule altération nous a paru coïncider fréquemment avec cette lésion, c'est l'athérome artériel qui, souvent, existe faiblement aux artères qu'on peut explorer facilement, mais ne manque jamais chez le vieillard dans l'aorte descendante, et surtout abdominale. Certains auteurs ont fait de l'altération des vaisseaux, la cause principale de la sclérose du rein. Lécorché, au contraire, regarde cette altération, et même l'athérome qui envahit le gros vaisseau, comme étant souvent la conséquence de néphrite interstitielle. Je ne sais si chez les goutteux, les saturniques, atteints de néphrite, les choses se passent ainsi, n'ayant jamais eu l'occasion d'en examiner; mais chez le vieillard, si les lésions du rein n'ont pas toujours pour point de départ le tissu conjonctif de la couche adventice du vaisseau, comme on l'a prétendu, elles peuvent parfaitement être déterminées par les troubles de nutrition, qu'une circulation qui ne se fait plus normalement peut amener dans cet organe si éminemment vasculaire.

SYMPTOMES.

La symptomatologie de la néphrite interstitielle — chez l'adulte — est assez bien faite aujourd'hui, grâce aux travaux modernes, pour donner d'assez bons résultats. Mais lorsqu'on veut appliquer ces données au diagnostic du — *rein sénile* — on s'aperçoit bientôt qu'elles sont si incertaines qu'on n'est pas étonné de voir cette maladie, pourtant très-commune, passer la plupart du temps complètement inaperçue.

Nous décrirons néanmoins les principaux symptômes que l'on trouve dans les livres classiques, comme caractéristiques de cette affection.

Rayer, le premier, a cherché à donner les symptômes

de la néphrite interstitielle. Mais à son époque cette maladie était si peu connue, que ses descriptions ne peuvent servir à rien.

Depuis les travaux de Bright, de Traube, on s'est beaucoup occupé des lésions vasculaires et surtout de l'hypertrophie du ventricule gauche. Quelque temps après, certains auteurs ont prétendu que cette hypertrophie, loin d'être l'apanage exclusif de la néphrite parenchymateuse, était, au contraire, un signe certain de la néphrite interstitielle, et qu'elle se compliquait souvent d'une insuffisance aortique. Comme conséquence de ces troubles vasculaires, on a parlé de la fréquence des hémorrhagies, telles que l'hématurie, les épistaxis, les hémorrhagies rétiniennes.

L'hémorrhagie cérébrale serait même une des plus fréquentes. Elle a été constatée huit fois par Bright; onze fois par Rosenstein. Bence-Jones arrive à des chiffres fabuleux : sur 36 cas, il en aurait trouvé 20 dont les reins étaient atteints de sclérose rénale. 24 sujets avaient des reins petits, durs, granuleux.

On a aussi donné comme symptômes, mais d'un ordre inférieur et de moindre importauce, de faibles douleurs au niveau de la région lombaire, des troubles dans la miction, etc.

Dans ces derniers temps on a signalé l'albuminurie et l'œdème. Avant de parler de ces deux signes qui, pour nous du moins, chez le vieillard, sont les seuls sur lesquels on puisse réellement compter, et qui fournissent des données, sinon certaines, car je ne prétends pas en faire un critérium absolu, mais se rapprochant le plus de la vérité, je discuterai la valeur des précédents symptômes.

L'hypertrophie du ventricule gauche se rencontre, dit-on, chez tous les sujets atteints de néphrite interstitielle. Je suis loin de contester les observations prises par des médecins si illustres qui se sont occupés spécialement de cette question. Seulement, ce que je puis dire c'est que, si chez le vieillard on trouve de l'hypertrophie du cœur, cette hypertrophie porte surtout sur les cavités plutôt que sur le muscle qui a déjà subi les atteintes de la vieillesse et de la dégénérescence graisseuse. Cette hypertrophie ne peut-elle pas être rapportée aux efforts que le cœur fait pour lancer le sang dans des artères dont les parois sont rigides et à la difficulté qu'a le sang à traverser des organes plus au moins atteints de sclérose atrophique ?

Pour ce qui est des hémorrhagies multiples qu'on a signalées dans la néphrite goutteuse, saturnine, dans la néphrite parenchymateuse, nous pouvons dire que dans les urines que nous avons examinées avec soin, le microscope ne nous a jamais décélé la présence de globules sanguins, et que chez nos vieillards en expérience nous n'avons pas été plus heureux pour les autres hémorrhagies.

L'hémorrhagie cérébrale est en effet très-fréquente chez le vieillard. Mais, quand on songe combien le système vasculaire, à cet âge, et surtout le système capillaire du cerveau sont sujets à des altérations de différente nature, je ne vois pas pourquoi on a tant de tendance à vouloir rendre lané phrite interstitielle responsable de ttoutesles morts. Ne peut-il pas y avoir une simple coïncidence ?

Quant aux autres symptômes, douleurs, faiblesse, les sens à cet âge sont tellement émoussés qu'on ne peut y avoir très-grande confiance.

L'œdème que l'on rencontre dans la sclérose sénile du rein est partiel, léger.

Il se montre d'abord aux extrémités, disparaît pendant la nuit pour reparaître dès que le malade marche.

Ce n'est qu'à une période plus avancée, et lorsque la maladie est arrivée presque à la fin, qu'il se montre au visage, et prend quelquefois les membres supérieurs.

Pour Grainger-Stewart, cet œdème serait toujours lié à la sclérose rénale.

Dickinson l'a trouvé 19 fois sur 68 cas. D'après mes observations, je l'ai rencontré 9 fois sur 26 chez des malades. Cet œdème ne s'accompagne jamais de ces énormes épanchements dans le péritoine que l'on rencontre si souvent dans la néphrite parenchymateuse. Cependant, à l'autopsie, on trouve fréquemment un épanchement de sérosité dans les plèvres, le cœur, le péritoine, mais il est peu abondant. Sur 68 cas Dickinson a trouvé : hydrothorax, 23 fois; ascite, 18; hydropéricardite, 3. Néanmoins ce symptôme, quoique faisant rarement défaut, ne peut être donné comme un signe absolu, car on le rencontre dans des affections diverses, et surtout au début de différentes cachexies.

URINE.

Selon Rayer, l'urine présenterait, dans le cours de la sclérose, des caractères d'une grande valeur : elle serait trouble, alcaline, et contiendrait du phosphate de chaux, soit du phosphate ammoniaco-magnésien. Si les recherches ultérieures n'ont pas confirmé les assertions de ce savant médecin, il est un principe dont il ne parle pas, et qui se rencontre fréquemment dans l'urine des vieillards; je veux parler de l'albumine.

Je donnerai d'abord les caractères physiques de l'urine avant de parler de ses caractères chimiques.

Quoique nous n'ayons jamais mesuré les quantités d'urine excrétées par nos malades en 24 heures, nous pouvons cependant dire, sans trop nous tromper, qu'elles nous ont paru excrétées d'une façon normale, si ce n'est à la dernière période, où elles devenaient rares.

Les caractères physiques ne les différentient nullement des urines des adultes. Elles sont claires, limpides, normalement colorées. 4 ou 5 sur 100 étaient légèrement troubles. L'acidité, quoique faible, était la règle normale. Nous n'avons trouvé que 4 fois l'alcalinité.

Quant à la densité, dans tous les cas, même dans les urines ne contenant pas d'albuminurie, elle a toujours été élevée au-dessus de la moyenne. Trois fois seulement elle a été normale (obs. 27, 71). Toujours supérieure à 1020, elle est montée à 1040. La moyenne a été de 1030.

La densité ne peut donc pas servir, comme dans la maladie de Bright, d'élement de diagnostic, pas plus que les autres caractères de l'urine.

Nous sommes loin aussi de la moyenne indiquée par Lécorché (1005-1040). Il est vrai que plus loin il dit que lorsque l'albuminurie apparaît la densité augmente et peut dépasser la normale. Il serait néanmoins difficile de juger par l'urinomètre, puisque les urines des vieillards sont, comme nous l'avons dit plus haut, supérieures à la densité normale.

L'examen microscopique de toutes les urines qui présentaient un sédiment ne nous a fourni que des résultats négatifs : quelques leucocytes, des cellules, vésicales, vaginales ; une fois de beaux cristaux ammoniaco-magnésiens. Nous n'avons jamais trouvé de globules sanguins, de tubes hyalins et fibrineux.

Pour faire l'examen chimique des urines, nous nous sommes servi des procédés employés journellement : chaleur seule, chaleur et acide nitrique, enfin le procédé de M. Gubler. Ce procédé, qui nous a paru le plus sensible, nous a donné de bons résultats; aussi nous croyons devoir transcrire, tel que l'a décrit M. Gubler.

Dans un vase conique aux 3[4 plein d'urine on verse avec précaution de l'acide nitrique le long des parois, il se rassemble au fond du verre sans se mélanger au liquide.

Au bout de quelques instants se déposent de bas en haut les couches suivantes : Au fond l'acide nitrique, au-dessus une zone colorée de différentes façons, rouge, rose-lilas, puis une zone plus ou moins étendue de coagulum albumineux ; — au-dessus une zone claire ; enfin, en dernier lieu, une zone d'acide urique.

Nous avons à plusieurs reprises examiné l'urine de 100 femmes caduques âgées de 75 à 85 ans.

Voici les résultats de nos observations. Nous ne donnerons, bien entendu, que les cas où nous avons trouvé le coagulum albumineux.

Obs. I. — F. Chevalier, 80 ans. Urine faiblement colorée, acide. Densité, 10,20. Nuage albumineux. Léger œdème des membres inférieurs. Aucune maladie antérieure.

Obs. II. — Pareille C., 81 ans. Urine faiblement colorée, acide. Densité, 10,20. Léger nuage albumineux. Athérome.

Obs. III. — Marguerite Chapuis, 82 ans. Hémiplégie il y a cinq ans. Les mouvements sont à peu près revenus. Urine légèrement troublée, acide. Densité, 10,30. Nuage albumineux très-marqué.

Obs. IV. — Bonnet, 86 ans. Paraplégie. Urine claire, acide. Densité, 10,20. Léger nuage albumineux. Athérome.

Obs. V. — Marie Chévalier, 85 ans. Urine pâle, acide. Densité, 10,21. Nuage albumineux.

Obs. VI. — C. Mirand, 83 ans. Œdème des membres inférieurs. Athérome. Ancien rhumatisme. Urine normale, acide. Densité, 10,22. Nuage albumineux très-marqué.

Obs. VII. — J. Amelot, 87 ans. Urine faiblement colorée, acide. Densité, 10,22. Œdème des membres inférieurs. Léger nuage albumineux.

Obs. VIII. — Migueux, 70 ans. Athérome. Point d'œdème, Rien au cœur. Urine pâle, faiblement acide. Densité, 10,26. Nuage albumineux très-manifeste.

Obs. IX. — Marie Michaut, 75 ans. Douleurs rhumatismales. Urine pâle, acide. Densité, 10,18. Nuage albumineux très-manifeste.

Obs. X. — Picander, 83 ans. Œdème des membre inférieurs. Rien au cœur, au poumon. Athérome. Urine normale, colorée, acide. Densité, 10,22. Nuage albumineux très-manifeste.

Obs. XI. — Viallet, 79 ans. Œdème des membres inférieurs. Hémiplégie il y a six mois dont elle est à peu près guérie. Catharre, athérome. Urine claire, acide. Densité, 10,30. Nuage albumineux. Quelques cellules épithéliales et purulentes dans le dépôt.

Obs. XII. — Rolland, 85 ans. Artères athéromateuses. Urine pâle, léger dépôt. Densité, 10,30. Acide. Léger nuage.

Obs. XIII. — M. Jearroy, 87 ans. Attaque d'hémiplégie il y a trois ans. Légers mouvements. La parole est gênée. Athérome. Point d'œdème. Urine normale, acide. Densité, 10,28. Nuage albumineux très-accentué.

Obs. XIV. — Picquenale. Bonne santé. Léger athérome. Urine pâle, claire, alcaline. Densité, 10,20. Cristaux de phosphate ammoniaco-magnésien. Quelques cellules épithéliales. Léger nuage albumineux. Point d'œdème.

Obs. XV. — Charles, 80 ans. Athérome artériel, bonne santé. Léger œdème des membres inférieurs le soir. Urine trouble, dépôt peu abondant. Nuage albumineux très-accentué. Cellules purulentes dans le dépôt.

Nous croyons avoir cité assez d'observations; car elles se ressemblent toutes au fond. Sur 73 vieillards dont nous avons examiné l'urine, nous en avons trouvé 26 ayant de l'albumine, ce qui fait une proportion de 33 0[0.

L'athérome artériel a été constaté dans presque tous les cas. L'œdème des membres inférieurs, 9 fois sur 26 cas.

L'albumine ne s'est jamais montrée, comme dans la néphrite parenchymateuse, en grande quantité, mais sous l'apparence d'un nuage, plus ou moins épais, finement granuleux, et empruntant généralement sa coloration à la zone colorante qui existait entre le culot d'acide nitrique et le nuage albumineux.

Tout, symptômes, marche de la maladie, quantité d'albumine, porte à séparer complètement cette affection de la néphrite parenchymateuse. Au reste, chez le vieillard, la néphrite parenchymateuse est fort rare. M. Charcot, dans son service à la Salpêtrière, ne l'a rencontré que 2 ou 3 fois. Cette albuminurie est un des symptômes de la néphrite interstitielle, et les autopsies sont venues le prouver.

A quoi tient cette albumine? Cornil y voit le résultat d'une légère néphrite catarrhale passagère, d'autres auteurs la rapportent à la néphrite parenchymateuse qui compliquerait presque toujours la dernière période de la sclérose du rein. Pour quelques-uns, et je suis du nombre, elle serait la conséquence des modifications qui sont apportées à la circulation sanguine du rein.

Ce qui me fait me ranger de l'opinion de ces derniers, c'est que sur les pièces que j'ai pu examiner, je n'ai jamais trouvé une altération de l'épithélium susceptible de me rendre compte du passage de l'albumine dans les urines.

Des expériences physiologiques et pathologiques ont montré à la fois la réalité et la genèse de cette albuminurie.

Georges Robinson provoque l'albuminurie en liant la

veine rénale. Plus tard, Panum et Hermann firent des expériences plus délicates en augmentant la pression seulement dans les capillaires, soit en provoquant l'oblitération des vaisseaux qui se distribuent aux glomérules, soit en liant une des branches de l'artère rénale. Le succès couronna toujours leurs expériences.

Enfin, les recherches récentes de Funke, Villibald-Schmitt, Brücke, Balkin ont établi que la quantité d'albumine qui passe à travers les membranes ancinales est toujours directement proportionnelle à la pression subie par les liquides en expérience.

Dans le rein sénile, les lésions que nous avons signalées dans le cours de ce travail, dilatation veineuse, atrophie des glomérules, état variqueux des autres glomérules, tension générale du sang dans le système artériel, par suite de l'athérome, suffisent pour expliquer le passage dans l'urine de cette faible quantité d'albumine, que l'on trouve si fréquemment à cette période de la vie.

DIAGNOSTIC.

Les symptômes habituels de la néphrite faisant défaut, la plupart du temps, chez le vieillard, on voit combien le diagnostic est difficile, d'autant plus que l'on songe rarement à examiner l'urine de ceux qui ont l'air bien portants. Aussi combien succombent à la suite d'une néphrite méconnue. La première chose à faire, lorsqu'on soigne un vieillard, est d'examiner, de temps en temps, son urine, en s'aidant, toutefois, des autres symptômes.

PRONOSTIC.

La maladie a une issue fatale ; elle ne subit pas de temps d'arrêt ; sa marche est progressive, et si le vieillard ne vient pas à être emporté par une de ces affections si fréquentes à son âge, il s'affaiblit de plus en plus, et meurt dans la cachexie, à moins, toutefois, qu'il ne succombe rapidement aux attaques d'urémie, si fréquentes à la dernière période de la néphrite interstitielle.

D'après ce que nous venons de dire, le traitement ne peut être qu'un traitement général, car il ne faut pas songer à guérir et même à arrêter cette maladie.

Il faudra éloigner toutes les causes débilitantes, surveiller le régime, donner des fortifiants pour réparer cette perte d'albumine, qui, bien que minime, mais répétée tous les jours, use rapidement l'organisme.

CONCLUSIONS.

1° La néphrite interstitielle est plus fréquente chez le vieillard qu'on ne le croit généralement ;

2° L'albuminurie est le seul symptôme certain pour arriver au diagnostic.

3° La néphrite interstitielle sénile doit être séparée de la néphrite suite de la goutte, de l'intoxication par le plomb, par son anatomie pathologique, qui est légèrement différente, et surtout par sa marche et ses symptômes.

www.ingramcontent.com/pod-product-compliance
Ingram Content Group UK Ltd.
Pitfield, Milton Keynes, MK11 3LW, UK
UKHW020137080726
13614UKWH00005B/2273